战胜恐惧的

格瑞斯 Grace Under Pressure

勇 敢 | Courage

［澳］肯·斯皮尔曼 / 著　［新加坡］陈俊强 / 绘　彭安琪 / 译

四川科学技术出版社

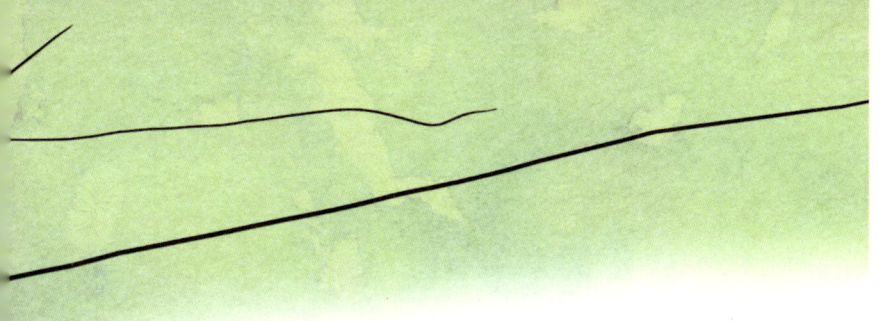

第一章

格瑞斯在学校见过石头，但是她从没有跟他说过话。现在她唯恐避之不及。

只要能躲过他，她愿意一整个星期不开口说一个字，甚至要她戒掉巧克力都行。虽然这对她来说是一种折磨，但是现在，她恨不得用这个交换。

格瑞斯多么希望时间能倒回昨天下午。

如果可以重来的话，昨天在公交车上她绝不会坐在石头附近。格瑞斯知道要离石头远一点，因为石头在学校闹过事，所以变得声名狼藉。

如果不是碰巧坐在他附近，她也不会在听到老婆婆打鼾的时候转过头。她应该继续埋头看书。这样，她就不会看到过道对面鬼鬼祟祟的行为，发现石头做的可怕的事情。

　　石头也就不会与她的目光相遇。

但是，事实是石头看到了她，而格瑞斯在震惊之余忘记了报警。

格瑞斯的校服泄露了她的身份，现在石头在走廊上堵住了她的去路。

前一秒她还在跟柯丽闲聊，下一秒，石头就耀武扬威地站在她们面前。

他脸上带着笑容——但不是那种令格瑞斯想要亲近的微笑。

柯丽身体往后倾，朝格瑞斯身后缩了一点儿。

"我在汽车上看到你了。"石头说。

他很高，哪怕对于年龄比他大的男孩，他也是个大个子，而现在他正摆出一副不可一世的模样，显得自己更庞大了。

"嗨。"格瑞斯的声音小得几乎听不见。

即使格瑞斯能想到别的话，她也吓得不
敢开口。

石头咧着嘴，还是一副盛气凌人的样子。"你很聪明。你会继续乖乖的，对不对？"

　　这算不上是一个问题。格瑞斯呆呆地站着，不知该怎么回答。

　　这时，柯丽站出来了。"我也很聪明，"她大声说道，"不过不需要你这样大肆夸奖。"她抓过格瑞斯的手，"来吧，两个聪明人该走了！"

"那是怎么回事？"刚一走开，柯丽就惊魂未定地尖叫道，"他在汽车上看到你了？这是什么意思？"

柯丽不解地盯着她，但是格瑞斯什么都不肯说。

第二章

格瑞斯刚从学校回到家，电话就响了。不需要等妈妈说，她就知道是柯丽打来的。

"别这样，格瑞斯。"柯丽开门见山地说，甚至连招呼都没打，"快告诉我你和那个吓人的家伙之间发生了什么。为什么这样神神秘秘的？"

格瑞斯深吸了一口气。为了避开妈妈，她溜出了客厅，把声音放得很低。

　　"因为如果我告诉别人我看见了什么的话，他会杀了我的。"

　　"喂——我是你最好的朋友！你知道我不会说出去的。"

“可上次你却告诉过我妈妈我看了那本书……”

“我怎么知道那本书的事要保密？”柯丽冤枉地说，“如果你告诉我要保密，我绝不会说的！”

格瑞斯知道她说的没错。

“好吧。”她说，把声音放得更低了。“昨天我跟他搭乘同一辆汽车，他坐在一位老婆婆旁边。老婆婆睡着了，他乘机抓走她的钱包并放进自己书包里，然后……被我看到了……”

格瑞斯的声音越来越小，她又想哭了。

“我什么都没做。我不知道该做什么。我被吓坏了，到现在还是很怕。”

有那么几秒钟，柯丽没有吭声。格瑞斯能清晰地听到电话那头传来的呼吸声。

　　"噢！天——啦——"柯丽终于开口了，"你得告诉别人！"

　　"我不是正在告诉你吗——但如果你再跟别人说，我就完了。"

"是吗？"柯丽嘲弄道，"他能怎么样？再说了，他怎么知道是你……"

　　"不是我是谁？"格瑞斯悲哀地说。

　　"嗯，是的。我想你说得对。最好别说出去。"

　　"你刚刚还说我得告诉别人。"格瑞斯提醒道。

　　柯丽咯咯笑起来："我可以改变主意，对吧？"

第三章

格瑞斯从来没有这么害怕过。

最糟糕的是，她连自己害怕的是什么都
不知道。

"他能怎么样？"柯丽说过。石头是个
小孩，不是杀人犯。但他是一个很坏的小
孩——坏小孩可能会做出很坏的事情。

如果格瑞斯公开他偷窃的事情，石头可能会在学校散布关于她的谣言，让她过得很悲惨。

　　他可能会把她推到墙上、绊倒她，或者抢走她的书包，然后扔进水沟里。

他可能跟踪她，然后把青蛙或臭烘烘的鱼放进她家的邮筒里，甚至是别的动物尸体。

想着石头可能做出的事情，格瑞斯越来越觉得害怕。

　　格瑞斯从每个角度细细思考这件事情。如果她不告诉任何人，如果她"乖乖的"，是不是太愚蠢了？

　　也许石头会把她忘得一干二净。然后她又想到，也许他不会，也许他会不断威胁她。假如有人让他不好过了，他会认为那个人是她。

　　但是格瑞斯到底要告诉谁呢？她应该跟谁说？妈妈吗？

　　坐在学校体育馆里最安静的角落，格瑞斯决定问问柯丽。

　　"我还以为你不打算告诉任何人呢。"柯丽回答。

　　"但是如果我说出来……"

　　"记得那天我们看见警察从校长室出来吗？也许可以这样做，你告诉校长这件事情，她会跟警察联系。"

　　警察！格瑞斯想。随着柯丽的分析，格瑞斯意识到她的朋友说的没错——这确实是警察该管的事。石头很可能拿走了现金、信用卡和身份证。如果那个老婆婆的银行密码也在包里呢？如果她包里还带了家门的备用钥匙呢？他会不会也去她家里偷东西？

　　说曹操曹操到，在体育馆的另一边，格瑞斯瞥见了石头。他正在欺负两个比他小得多的男孩——他们战战兢兢，眼神里充满了恐惧。其中一个男孩从口袋里掏出什么交了出去。石头接过后把它掷向空中，然后大笑着走开了。

　　由于隔得太远，格瑞斯听不见他的笑声，但她仍然感到一阵战栗。

柯丽没有看到所发生的一切。"瑞——斯——"她唱着，"快回地面……你飘到哪里去了？"

　　"不好意思柯丽，我刚刚在想，石头是不是经常偷东西呢？也许他故意在汽车和火车上寻找老年人作为目标。我确实该采取行动了。妈妈知道的话会吓坏的，但我还是会告诉她。由她来决定我们是否需要把这件事情告诉校长。"

做出这个决定并没有让格瑞斯心安下来。相反，她从来没有这么担惊受怕过。

　　但是，不知怎么的，这种害怕似乎与之前的不同。这种感觉就像，她在地底深处挖掘到一颗宝石。它坚硬无比、晶莹剔透，像钻石一样——她知道这么做是对的。

　　事情可能会变得复杂，但是她终于下定了决心。

　　妈妈并没有被吓坏，但是她一下子提了很多问题。

　　这些问题像层层波浪一样朝格瑞斯压过来，她几乎不能呼吸。妈妈甚至不给她回答的时间。

"格瑞斯，你为什么不跟车上其他人说？"

　　"你不觉得当场说点什么更好吗？"

　　"为什么不告诉司机？"

　　"这个男孩是谁？"

　　"他经常挑事，对不对？"

　　一口气问完了所有问题，妈妈拥抱了格瑞斯。

　　"可怜的格瑞斯，这些天你自己一个人承受，吓坏了吧。别担心，会没事的。我只是可怜汽车上的那位老婆婆。我们把这件事告诉校长——她会知道该怎么做的。"

那天晚上，格瑞斯在床上翻来覆去难以入睡。

想收回那些话已经不可能了。跟柯丽说说这件事没什么关系，但是告诉妈妈会引起一系列连锁反应。明天，她们就会走进校长的办公室。而校长会跟其他人联系——石头，他的父母，甚至是警察。

这件事情到哪里才是个头呢？

她想象着张老师强迫她跟石头对质。石头会否认所有事情，骂她是骗子。格瑞斯有证据吗？她没有。

格瑞斯想象着未来也许每天都会遭受他的恐吓。她想象着自己被除了柯丽以外的所有人嘲笑的惨状。

第二天早上格瑞斯很紧张，想要妈妈替她说出整件事情。

但是校长的想法不同。"我想听格瑞斯亲口说出来，"校长对妈妈说。

当格瑞斯提到石头要她"乖乖的"的时候，妈妈倒抽了一口气。而校长平静地听着，没有打断格瑞斯。

"谢谢你，格瑞斯。"最后校长开口说，"站出来需要勇气，你很勇敢。"

妈妈身体向前倾，似乎想说什么。

"格瑞斯看见的事情发生在公共场合，"校长对妈妈说，"希望您能理解，由于职责所限，我无法采取行动。"

"但是校长⋯⋯"妈妈说道。

校长又接着说："我不能详细透露这个男孩的履历，但我可以告诉您，他已经不是一两次犯严重错误了。我向您保证，我会尽可能妥善处理这件事。同时，我也向您承诺，这次谈话我会绝对保密。"

谈话结束了，妈妈和校长继续聊了几分钟。

格瑞斯感到一身轻松，恐惧和疑虑都一扫而光。

现在，她知道不需要块头大，也不必等年纪大了才能变得坚强而勇敢。你只需要深入挖掘自己的内心，做对的事。

大家一起来讨论

1. 如果你看到有人在做的事情是错误、自私甚至是残忍的，你会是什么感受？

2. 当格瑞斯在汽车上看到石头的秘密时，她能做什么？如果你是格瑞斯，你会怎么做？

3. 被格瑞斯看到偷东西，你认为石头是否为此担心？为什么？

4. 你认识的人当中，是否有人被别人欺负过？他或她对此是什么感受？

5. 欺凌分很多种情况，但是有时候由于对方高大强壮，人们不敢反抗。格瑞斯最害怕的是什么？

6. 石头威胁格瑞斯要她保守秘密，这对格瑞斯来说一定是可怕的经历。如果这件事发生后你能与格瑞斯交谈，你会对格瑞斯说什么？

7. 为什么对格瑞斯而言，把石头的事情告诉柯丽比告诉妈妈更容易？你是否有过这样的经历：需要鼓足勇气才敢把某件事情告知老师或者父母。

8. 如果格瑞斯没有告诉任何人石头的所作所为，你认为可能会发生什么？

9. 你是否做过什么事情需要巨大的勇气？